3 Février 1919

VENTE

Du Samedi 3 Février 1912

HOTEL DROUOT, SALLE N° 1

A DEUX HEURES

TABLEAUX ANCIENS

FAIENCES ET PORCELAINES

MEUBLES & SIÈGES

Armoire en bois de rose du temps de la Régence

ARMURES

OBJETS D'ART

EUROPÉENS ET D'EXTRÊME-ORIENT

Le tout appartenant à Madame la Comtesse de X...

COMIMSSAIRE-PRISEUR

Mᵉ FÉLIX ALBINET

EXPERTS

MM. PAULME & B. LASQUIN Fils

CATALOGUE

DES

TABLEAUX ANCIENS

Par, d'après ou attribué à :

CLOUET, A. CUYP, J. DOUELLE, VAN GOYEN, DE MONTPEZAT,
NETSCHER, TH. ROMBOUTS, J.-P. VERDUSSEN,
DES ÉCOLES FRANÇAISE, ITALIENNE, FLAMANDE.

FAIENCES ET PORCELAINES

Armures

MEUBLES & SIÈGES

Armoire en bois de rose du temps de la Régence.
Bureau plat, époque Louis XIV.
Chaises estampillées, de L. MOREAU, époque Louis XVI, Commodes Louis XVI, etc.
Sièges garnis en tapisserie au point.

OBJETS D'ART

Émaux cloisonnés. — Bronzes. — Miniatures

Le tout appartenant à Madame la Comtesse de X...

Dont la Vente aux Enchères publiques aura lieu

HOTEL DROUOT, SALLE N° 1

Le Samedi 3 Février 1912, à 2 heures

COMMISSAIRE-PRISEUR	EXPERTS
Me FÉLIX ALBINET	MM. PAULME et B. LASQUIN Fils
24, rue d'Aumale	10, rue Chauchat | 11, rue Grange-Batelière

PARIS

Chez lesquels se distribue le présent Catalogue

EXPOSITION PUBLIQUE

Le Vendredi 2 Février 1912, Salle n° 1, de 1 h. 1/2 à 6 heures

CONDITIONS DE LA VENTE

Elle sera faite au comptant.

Les adjudicataires paieront *dix pour cent* en sus des enchères.

L'exposition mettant le public à même de se rendre compte de l'état et de la nature des objets, il ne sera admis aucune réclamation une fois l'adjudication prononcée.

Paris. — Imp. de l'Art, Ch. Berger, 41, rue de la Victoire.

Produit – of 31.986

DÉSIGNATION

TABLEAUX

CLOUET (D'après)

1 — *Marie de Médicis.*
   Toile.

CLOUET (École de)

2 — *Portrait de Femme.*
   Panneau.

CUYP (Attribué à)

3 — *La Traite.*
   Toile.

DOUELLE (Jean)

4 — *Intérieur de cathédrale, animé de personnages.*
   Panneau. Signé et daté : *J. Douelle, 1784.*

DROUAIS (D'après)

5 — *Le Comte d'Artois enfant et Mademoi-
selle Clotilde sa sœur.*

Gravure en noir, par BEAUVARLET.
Marge. Encadrée.

ÉCOLE FLAMANDE (XVIᵉ siècle)

6 — *Le Christ en croix et les larrons, sainte
Marie, la Madeleine et un saint.*

Panneau.

ÉCOLE FLAMANDE (XVIIᵉ siècle)

7 — *La Ravaudeuse et le Savetier.*

Toile.

ÉCOLE FRANÇAISE (XVIIᵉ siècle)

8 — *Petit Portrait de Femme.*

Cuivre forme ovale.

ÉCOLE FRANÇAISE (XVIIIᵉ siècle)

9 — *Port, animé de vaisseaux et de nombreux
personnages,*

Toile.

ÉCOLE FRANÇAISE (XVIIIᵉ siècle)

10 — *Paysage, avec cours d'eau et personnages.*

Toile.

ÉCOLE FRANÇAISE (xviiie siècle)

11 — *La Rade de Toulon.*

301

Animée de vaisseaux et personnages.
Toile.

ÉCOLE FRANÇAISE

12 — *Portrait d'Homme en habit rouge, assis dans un parc, un chien près de lui.*

Toile.

ÉCOLE ITALIENNE

13 — *Scène de Carnaval sur la place Saint-Marc à Venise.*

451

Panneau.

GOYEN (Attribué à Van)

14 — *Paysage, avec mare et personnages.*

660

Panneau.

MONTPEZAT (H. de)

15 — *Cavalier dressant un cheval.*

150

Toile ovale. Signée.
Cadre en bois sculpté doré. Époque Louis XIII.

NETSCHER

16 — *Enfant jouant avec un chien et un oiseau.*
Toile.

ROMBOUTS (Théodore)

17 — *L'Enfant prodigue.*
Toile.

VERDUSSEN (J.-P.)

18 — *Repas de chasse dans un paysage.*
Toile.

FAÏENCES ET PORCELAINES

19 — Cornet en ancienne faïence de Delft.
Décor de médaillon à personnages en bleu.

20 — Soupière et son plateau, simulant un
chou, en faïence de Strasbourg.

21 — Plat en ancienne faïence de Strasbourg,
décor gerbe de roses.

22 — Vase porte-fleurs en ancienne faïence de
Nevers, à renflements, décor de sujets my-
thologiques en bleu.

23 — Six tasses et un bol en ancienne porcelaine
de Chine, décor de fleurs en émaux de couleur.

24 — Théière couverte en ancienne porcelaine
de Chine, décor en émaux de couleurs de
fleurs et oiseaux.

25 — Deux petits vases à côtes en ancienne porcelaine de Chine, décor bleu.

26 — Grande coupe couverte en ancienne porcelaine du Japon, décor de fleurs et de réserves, avec aigle, en couleurs.

27 — Deux petites potiches couvertes en porcelaine du Japon, décor en bleu, rouge, or et
émaux de couleurs.

28 — Jardinière ovale en porcelaine décorée,
médaillons de fleurs en réserve, sur fond
rose.

29 — Déjeuner tête-à-tête, en porcelaine décorée, en dorure et couleur, sur fond vert,
comprenant ; un plateau, deux tasses et
soucoupes, théière, sucrier et pot à lait.

30 — Statuette d'enfant vendangeur en porcelaine émaillée en blanc.

31 — Petit buste de femme sur gaine en bis-
cuit.

32 — Soupière couverte, de forme ovale et contournée, en ancienne porcelaine de Louisbourg, décor de style chinois, en bleu, re-
haussé de dorure. Le bouton du couvercle
fait d'un citron.

33 — Statuette de paysan debout, en ancienne
porcelaine de Louisbourg.

34 — Deux tasses et leur soucoupe en porcelaine
genre Sèvres, décor bleu et médaillons :

Portraits de Louis XVI et de Marie-Antoi-
nette.

35 — Deux statuettes : Garçon et fillette assis
en porcelaine genre Sèvres, décor rose.

ARMURES

36 — Armure. Époque Louis XIII.

37 — Armure en fer.

OBJETS D'ART

D'ORIENT & D'EXTRÊME-ORIENT

ÉMAUX CLOISONNÉS, BRONZES

38 — Coupe sur pied en émail cloisonné de
Chine, décor fleurs, insectes, etc.

39 — Boîte cylindrique couverte en ancien émail
cloisonné, décor de réserves, fonds jaune et
noir, chargées de gerbes de fleurs et insectes.

40 — Porte-pinceau en ancien émail cloisonné de Chine, décor de fleurs et insectes.

41 — Paire de petites bouteilles en ancien émail cloisonné de Chine.

42 — Grand plat en ancien émail cloisonné ; décor par compartiments, oiseaux, fonghoang et dragon.

43 — Perdrix en émail cloisonné de Chine.

44 — Coupe en cuivre partiellement émaillé. Travail persan.

OBJETS VARIÉS

MINIATURE

ORFÈVRERIE, BRONZES

45 — Deux morceaux de cuir de Cordoue.

46 — Baromètre en bois sculpté et doré. Époque Louis XVI.

47 — Miniature ovale : Portrait du Régent, en costume rouge. Signée : *Arlaud* et *datée :* *1707.*

48 — Support d'applique cul-de-lampe en marqueterie de cuivre sur écaille, orné de bronzes ; formé de trois volutes supportant la tablette. Époque Louis XIV.

49 — Deux statuettes : Villageois et villageoises dansant, en bronze doré. Sur socle en marbre blanc.

5o — Deux pièces de surtout, formées chacune de deux assiettes formant coupe, en porcelaine du Japon ; monture en bronze. Style Louis XV.

5ı — Paire de flambeaux en bronze ciselé et doré. Style Louis XVI.

MEUBLES ET SIÈGES
GLACES
TAPISSERIES AU POINT

52 — Petite table rectangulaire en bois mouluré, à pieds tors. Époque Louis XIII.

53 — Bureau plat en bois de placage, de forme rectangulaire, ouvrant à trois tiroirs, orné de bronzes ; dessus de basane. Époque Louis XIII.

54 — Petite vitrine en bois noir, à filets de cuivre, ouvrant à deux portes. Époque Louis XIV.

55 — Commode en marqueterie de bois de placage, ouvrant à cinq tiroirs, garniture de bronzes dorés. Dessus de marbre. Époque Louis XIV.

56 — Commode en bois de placage, ouvrant à cinq tiroirs. Dessus de marbre. Époque Louis XIV.

57 — Armoire basse en bois de rose, de forme contournée, à côtés fuyants, et couronnement à gorge muni d'un tiroir. Elle ouvre à deux portes, à glace, sur la face principale, et deux petites portes sur chaque côté. Elle est garnie de bronzes, de baguettes, de cannelures et moulures en cuivre. Époque Régence.

Haut., 1 m. 70 cent.; larg., 1 m. 80 cent.

58 — Lit en bois sculpté peint blanc. Époque Louis XV.

59 — Ameublement de salon, comprenant : un grand canapé, et cinq fauteuils de forme mouvementée en bois sculpté et mouluré, du

temps de Louis XV. Ils sont garnis de tapisserie au point à grands ramages.

60 — Canapé en bois sculpté. Époque Louis XV. Il est recouvert de soie brochée, de style chinois.

61 — Commode en marqueterie. Époque Louis XVI.

62 — Secrétaire droit en acajou mouluré, ouvrant à abattant, tiroirs, et portes vitrées à la partie supérieure. Tirette sur un côté. Époque Louis XVI.

63 — Desserte en acajou mouluré, à tablette d'entrejambe, ouvrant à un tiroir. Dessus de marbre noir. Époque Louis XVI.

64 — Trois chaises en acajou mouluré ; les dossiers ajourés à treillis, le couronnement mouvementé en forme de pagode. Elles portent l'estampille du maître ébéniste *L. Moreau*. Époque Louis XVI. Les sièges sont garnis de tapisserie au point.

65 — Deux fauteuils en bois mouluré et sculpté, dossier médaillons. Époque Louis XVI. Recouverts de soie brochée, style chinois.

66 — Fauteuil de bureau en bois sculpté mouluré, canné, peint blanc. Époque Louis XVI.

67 — Guéridon rectangulaire en bois laqué
noir, décor de pagodes en dorure, dans le
goût chinois.

68 — Deux colonnes en bois sculpté, doré.
xviiie sièele. Travail italien.

69 — Meuble à deux corps, la partie supérieure
ouvrant à nombreux tiroirs, et la partie infé-
rieure à deux portes, en bois laqué noir,
décoré de paysages animés de personnages et
animaux en dorure, de style chinois.
xviiie siècle.

70 — Chaise à haut dossier, de forme contournée, en bois mouluré. xviiie siècle.

71 — Petit écran à tablette en bois noir, filets
de dorure. xviiie siècle.

72 — Bergère en acajou sculpté, accotoirs à
bustes de sphinx engainés, et pieds griffes.
Époque Empire.

73 — Autre bergère en acajou, analogue à la
précédente. Epoque Empire.

74 — Deux canapés en bois sculpté doré, garnis d'ancienne tapisserie au point, à branchages de fleurs, bordure à entrelacs de rubans et feston de fleurs.

75 — Meuble-crédence à deux corps, à étagère, porte et tiroirs, en bois sculpté. Style gothique.

76 — Petite vitrine basse en bois noir, avec filets de cuivre; elle ouvre à deux portes vitrées.

77 — Banquette à accotoirs, en bois ajouré. Travail chinois.

73 — Support bas, de forme carrée, à coins abattus, en bois de fer ajouré, incrusté d'ivoire et marqueté. Travail chinois.

79 — Petite table-tricotteuse en acajou.

80 — Meuble-cabinet en bois sculpté, formé d'anciens panneaux, à sujets religieux; sur table-support à pieds tors.

81 — Étagère d'applique ancienne, à tablettes et deux portes en bois.

82 — Petit chiffonnier à six tiroirs, en marqueterie à fleurs.

83 — Deux portières en soie brochée ancienne.
Époque Louis XV.

84 — Objets omis.